이게 다예요
C'est tout

C'EST TOUT
by Marguerite Duras

This Korean edition is published by arrangement with P.O.L éditeur
through Sibylle books litterary Agency, Seoul

이 도서의 국립중앙도서관 출판예정도서목록(CIP)은
서지정보유통지원시스템 홈페이지(http://seoji.nl.go.kr)와
국가자료공동목록시스템(http://www.nl.go.kr/kolisnet)에서 이용하실 수 있습니다.
(CIP제어번호: CIP2009001213)

이게 다예요

C'est tout

마르그리트 뒤라스 지음 | 고종석 옮김

문학동네

일러두기

1. 본문 중의 M. D.는 마르그리트 뒤라스 Marguerite Duras를, Y. A.는 얀 앙드레아 Yann Andréa를 지칭합니다.
2. 고딕체는 원서에서 대문자로 표시된 부분입니다.

얀에게.

우린 결코 알 수 없지, 미리서는,
우리가 뭘 쓰는지.
서둘러 날 생각하렴.

내 밤의 연인 얀에게.
내 우러러 사모하는 이 연인의
정인情人 마르그리트가 1994년
11월 20일 파리 생브누아 거리에서 적다.

11월 21일 오후, 생브누아 거리

Y. A. 당신 자신에 대해서 뭐라고 하겠어요?

M. D. 뒤라스라고.

Y. A. 나에 대해선 뭐라고 하겠어요?

M. D. 알 수 없다고.

얼마 뒤, 같은 날 오후

이따금 나는 아주 오래도록 텅 비어버린 느낌이다.

내겐 신원이 없다.

그게 날 두렵게 한다 우선은. 그러고 나서 그것은 행복의 움직임으로 스쳐지난다. 그러고 나서 그것은 멎는다.

행복하다는 감정, 말하자면 얼마쯤 죽어 있는 느낌.

내가 말하고 있는 곳에 얼마쯤 내가 없는 듯한 느낌.

다시, 얼마 뒤

이건 시간문제야. 나는 책을 한 권 쓸 거야.

나는 그러고 싶지만 내가 이 책을 쓰게 될지는 확실치 않아.

그건 운수소관이지.

11월 22일, 오후, 생브누아 거리

Y. A. 당신은 죽음이 두려운가요?

M. D. 모르겠어. 대답할 수가 없어. 바다에 다다른 뒤로는 아무것도 모르겠어.

Y. A. 그럼 나와 함께는요?

M. D. 예전에도 지금도 너와 나 사이에 있는 건 사랑이지. 죽음la mort과 사랑l'amour. 그게 네가, 바로 네가, 되고 싶어하는 걸 거야.

Y. A. 당신이 당신 자신에 대해 내리는 정의는 뭐죠?

M. D. 나는 존재하지 않아, 이 순간처럼. 난 뭘 써야 할지 모르겠어.

Y. A. 당신이 정말 좋아하는 책은 뭐죠?

M. D. 『태평양을 막는 방파제』, 어린 시절.

Y. A. 그리고 천국 얘긴데, 거기 갈 건가요?

M. D. 아니. 그건 웃기는 얘기야.

Y. A. 왜 그렇죠?

M. D. 모르겠어. 나는 그걸 조금도 믿지 않아.

Y. A. 그럼 죽음 이후에 뭐가 남죠?

M. D. 아무것도. 서로 미소짓고 기억하는 산 자들 말고는.

Y. A. 누가 당신을 기억할까요?

M. D. 젊은 독자들. 어린 학생들.

Y. A. 당신은 무엇에 몰두하죠?

M. D. 글 쓰는 일에. 비극적인, 다시 말해 삶의 흐름에 관련된 일이지. 나는 노력하지 않아도 그 속에 있어.

얼마 뒤, 같은 날 오후

Y. A. 다음 책의 제목은 정했나요?

M. D. 그래. 사라져버릴 책.

11월 23일 파리, 15시

한 남자에 대해서 얘기하고 싶어요.

많아봐야 스물다섯 살 먹은 남자에 대해서.

그는 아주 잘생겼고, 죽음이 자신을 점찍기 전에 죽고 싶어하지요.

당신은 그를 사랑했어요.

그 이상이었지요.

그의 두 손의 아름다움,

그래, 바로 그거예요.

언덕과 함께 나아가는 그의 두 손—또렷해지고, 환해지고, 어린아이의 고운 맵시처럼 빛나게 되는.

당신에게 입맞춤을 보냅니다.

이 흐트러진, 부드럽지만 뜨거운 맵시를 파괴할 사람을 기다리듯 나는 당신을 기다려요.

네게 주어진, 통째로 주어진, 내 몸 전체로 주어진, 이 맵시.

얼마 뒤, 같은 날 오후

나는 당신에게 말하고 싶었지요.

당신을 사랑한다고.

그렇게 외치고 싶었지요.

그게 다예요.

생브누아 거리, 11월 27일 일요일

함께 있다는 것, 그것은 사랑이고, 죽음이고, 말이고, 잠자는 것이다.

얼마 뒤, 같은 일요일

Y. A. 당신에 대해서 뭐라고 말하겠어요?

M. D. 내가 누군지 이제는 잘 모르겠어.

나는 내 애인과 함께 있지.

그 이름은 몰라.

그게 중요한 건 아니지.

마치 애인과 함께 있듯이 누군가와 함께 있는 것.

그런 일이 내게 일어났으면 하고 바랐지.

애인과 함께 있는 것 말이야.

침묵, 그러고 나서

Y. A. 무슨 소용이죠, 쓴다는 것이?

M. D. 그건 침묵인 동시에 말하는 것이지. 쓴다는 것, 그건 때로는 노래하는 걸 뜻하기도 해.

Y. A. 춤추는 건요?

M. D. 그것도 되지. 그건 개인의 상태지. 춤추는 것 말이야. 난 춤추는 걸 아주 좋아했어.

Y. A. 왜요?

M. D. 아직 모르겠어.

침묵, 그러고 나서

Y. A. 당신은 재능을 타고났나요?

M. D. 그래. 그런 것 같아.

쓴다는 것은 말의 리듬과 아주 가깝다.

11월 28일 월요일, 15시, 생브누아 거리

『죽음의 병』의 남자에 대해 이야기해야겠다.

그는 누군가?

그는 어떻게 그렇게 됐을까?

야윔에 대해서 써야지,

그 남자의 야윔에서 출발해.

또다른 어느 날

그는 이제 방 안에 나타나지 않았다.

결코.

가끔은 웃는 듯한, 가끔은 슬픈, 가끔은 침울한 그의 노래를 기다리는 것은 소용없는 일이었다.

아주 빨리 그는 내가 예전에 들판에서 알았던 새鳥로 되돌아갔다.

얼마 뒤, 같은 날

편지들을 쓰는 것은 그가 아니지만, 마지막 편지에 그가 서명할 수 있을 거라는 걸 얀에게 알려야지. 그건 내게 엄청난 기쁨을 줄 거야.

서명. 뒤라스.

다시 얼마 뒤

내 애인의 중국 이름.

나는 그에게 그의 언어로 얘기한 적이 한 번도 없다.

또다른 어느 날, 생브누아 거리

얀에게.

그냥.

하늘은 텅 비어 있다.

내가 이 남자를 사랑하는 것은 여러 해째다.

내가 아직 이름 짓지 않은 어떤 남자.

내가 사랑하는 어떤 남자.

나를 떠날 어떤 남자.

그 나머지는, 내 앞뒤의 일이든, 내 전후의 일이든, 나와 무관하다.

나는 널 사랑해.

너는, 너는 내가 지닌, 부모님이 내게 준 이름을 더는 발음할 줄 모른다.

낯선 연인들.

네가 원한다면 그대로 놔두자꾸나.

다시 또 며칠 동안의 기다림을 위해서.

너는 내게 무얼 기다리느냐고 묻는군.

나는 대답한다, 모른다고.

기다리는 것.

바람의 변전變轉 속에서.

어쩌면 내일 나는 네게 또 편지를 쓸 거야.

우리는 이걸로 살 수 있어.

웃고 뒤이어 우는 걸로.

나는 땅에서 솟아나는 시간에 대해 얘기하고 있는 거야.

숨이 차.

그만 말해야겠어.

얼마 뒤

때때로 나를 유혹하는 갖가지 행위들, 예컨대 이 젊은 남자의 죽음. 나는 그의 이름이 뭔지, 그를 뭐라고 불러야 할지 이제는 모르겠다. 글자 그대로 그의 무의미는 크다.

침묵, 그러고 나서

내가 안다고 믿었던 것 또는 다시 보기를 기다린다고 믿었던 것에 대해 이젠 아무런 생각이 없다.

그래, 이게 전부다.

침묵, 그러고 나서

사실상 무시무시했던 이 사랑의 종말의 시작.

시시각각 아쉬움이 따르는.

그러고 나서 잇따르는 시각이 있었다, 이해할 수 없는, 시간의 심연에서 솟아나는.

무서운 시각.

근사하고 무서운.

나는 마침내 자살하지 않게끔 되었다. 단지 그의 죽음에 대한 생각만으로는.

그의 죽음과 그의 삶에 대한 생각만으로는.

침묵, 그러고 나서

그의 인격, 그의 영혼, 그의 두 발, 그의 두 손, 그의 웃음의 요체를 나는 말하지 않았다.

내게 요체란, 그가 혼자 있을 때 그의 눈길을 그대로 놓아두는 것이다.

그가 생각의 혼돈 속에 있을 때.

그는 아주 아름답다. 그걸 알긴 어렵지만.

그에 대한 얘길 시작하노라면, 더는 멈출 수가 없다.

내 삶은 말하자면 불확실해, 그래, 내 앞에서의 그의 삶보다도 더 불확실하지.

침묵, 그러고 나서

그날 같은 여름날 오후면 내가 그랬듯 계속 횡설수설할 수만 있으면 좋겠다.

이젠 그럴 의욕도 용기도 잃었다.

1994년 10월 14일

1914년 10월 14일. 여기서 제목은 저자에게 말고는 아무것도 뜻하지 않는다. 그 제목은 그러므로 아무것도 뜻하지 않는다. 그 제목은 또 이걸 기다린다. 하나의 제목을. 하나의 시멘트를.

나는 숙명의 날짜에 바짝 다가서 있다.

그 날짜는 아무것도 아니다.

그러나 그 날짜는 금빛 종이 위에 새겨져 있다.

그것은 남자의 금발 머리 위에 새겨져 있다.

어린아이의 머리.

나는, 난 이걸 믿는다. 나는 어린아이의 머리와 나란히 씌어진 것을 나를 넘어서 믿는다.

그것은 기록의 잉여다. 그것이 기록의 한 의미다.

그것은 또한 거길 스쳐지나간, 그 어린아이를 스쳐지나간 사랑의 향기다.

욕망의 미지未知를 죽도록 읽고 싶어했던, 한 어린 아이의 몸내음을 맡았던 방향 없는 사랑.

독서 텍스트가 지워질 때 모든 것이 사라지리라.

10월 15일

나는 내게 꼭 들어맞는 자유 속에서 나 자신과 접촉하고 있다.

침묵, 그러고 나서

내게는 본보기가 있어본 적이 없다.

나는 복종하면서 불복종했다.

글을 쓸 때, 나는 삶 속에서와 같은 광기에 휩싸인다. 글을 쓸 때 나는 돌덩어리들을 다시 만난다. 『태평양을 막는 방파제』의 돌들을.

12월 10일 토요일, 15시, 생브누아 거리

당신은 고독을 향해 직진하지.

난 아니야, 내겐 책들이 있어.

침묵, 그러고 나서

길 잃은 것 같다.

죽음이 이와 대등하다.

무시무시하다.

더는 뭔가에 힘 쏟고 싶지 않다.

나는 아무도 생각하지 않는다.

나머지도 끝났다.

당신도 역시.

나는 혼자다.

침묵, 그러고 나서

네가 사는 것은 더는 불행에 의해서가 아니다. 그것은 절망이다.

침묵, 그러고 나서

Y. A. 당신은 누구죠?

M. D. 뒤라스, 그게 다야.

Y. A. 그녀는 뭘 하죠, 뒤라스?

M. D. 그녀는 문학을 하지.

침묵, 그러고 나서

더 무엇을 쓸까를 알아내는 것.

1994년 12월 25일, 파리

어린아이들의 비가 내렸지, 햇빛 속에서.

행복과 함께.

나는 그걸 보러 갔지.

그러고 나서 그 아이들에게 그게 이상한 일이 아니라는 걸 설명해야 했지. 수백 년 전부터. 왜냐하면 그 아이들은 이해하지 못했으니까. 그들은 아직 신들의 지력을 이해할 수 없었으니까.

그러고 나서 숲속을 계속 걸어야 했지. 그리고 어른들과, 개들과, 고양이들과 함께 노래해야 했지.

12월 28일, 파리

내게 온 편지 한 통.

고치든지, 무인칭으로 남을 셈치고 그냥 내버려두든지 그걸로 족하리.

편지.

1994년 12월 31일

복된 새해가 되길 얀 앙드레아.

네 짧은 편지들이 짜증스러워.

1월 3일, 생브누아 거리

얀, 난 아직 여기 있어요.

난 떠나야 해요.

어디로 가야 할지 이젠 모르겠어요.

마치 당신에게 전화하듯 난 지금 당신에게 편지를 쓰지요.

날 보러 와줄 수 있겠죠 아마.

그게 아무 소용이 없으리란 걸 난 알아요.

1월 6일

얀, 오후가 끝날 때쯤 널 보게 되길 바라.

내 온 마음으로.

내 온 마음으로.

2월 10일

저절로 가는 지능.

탈주자처럼.

사람들이 뒤라스에게 작가라는 말을 할 때,

그 말은 이중의 무게를 지닌다.

나는 원시적인 그리고 예상 밖의 작가다.

얼마 뒤, 같은 날 오후

헛되고 헛되도다.

모든 것이 헛됨이요 바람을 뒤쫓음이라.

이 두 문장이 지상의 모든 문학을 낳는다.

헛되고 헛되도다, 그래.

이 두 문장만이 세계를 연다. 사물들, 바람들, 어린아이의 외침들, 이 외침 동안에 죽는 태양.

세계가 멸망을 향해 가기를.

헛되고 헛되도다.

모든 것이 헛됨이요 바람을 뒤쫓음이라.

3월 3일

바람을 뒤쫓음, 그게 바로 나다.

침묵, 그러고 나서

내 지력의 그늘 속에서 내가 정리해야 하는 서류들이 있다.

내가 하는 것은 지워지지 않는다.

3월 25일 토요일

수십 년이 이리도 빨리 흘러가는 것이 고통스럽다. 그렇지만 나는 아직 세상의 이편에 있다.

죽는다는 것은 정말 끔찍하다.

삶의 어떤 순간에, 사물들은 끝난다.

나는 이렇게 느낀다. 사물들이 끝난다고.

바로 그렇다.

침묵, 그러고 나서

죽을 때까지 난 당신을 사랑할 거예요.
너무 일찍 죽지 않도록 힘써볼게요.
내가 해야 할 건 그것뿐이에요.

침묵, 그러고 나서

얀, 뒤라스의 펜던트를 조금 느낄 수 있겠니?

성 금요일

네 눈물 속에, 네 웃음 속에, 네 울음 속에
날 데려가렴.

성 토요일

내가 앞으로 될 어떤 것.

두렵다.

오렴.

날 따라오세요.

빨리, 오세요.

얼마 뒤, 같은 날 오후

우리 공포를 보러 가요, 죽음을.

다시, 얼마 뒤

날 어루만져줘요.

날 따라 내 얼굴 속으로 오세요.

빨리, 오세요.

침묵, 그러고 나서

난 널 지독히 사랑해.

난 더는 쓸 수가 없어.

우리 사이의 너무도 큰 사랑, 공포에 이를 만큼.

침묵, 그러고 나서

내가 어디로 가는지 모르겠어.
두려워.
함께 떠나자꾸나.
얼른 와.
네게 편지들을 보낼게.
그게 다야.
쓴다는 게 겁나.
날 겁나게 하는 그런 것들이 있어.

4월 9일 일요일. 성지주일聖枝主日

우리는 둘 다 결백해.

침묵, 그러고 나서

난 지금 야윈 삶을 잇고 있어.

가난한.

나는 가난해졌어.

나는 새 텍스트를 하나 쓰려고 해.

남자 없이. 이젠 더 아무것도 없을 거야.

나는 이제 거의 아무것도 아니야.

나는 이제 아무것도 보지 않아.

다시 말하지만 이게 다야, 오래도록, 죽기 전에.

얼마 뒤에

마지막 입맞춤이란 없어.

다시 얼마 뒤에

돈 걱정을 해서는 안 돼요.

이게 다예요.

이젠 더 할 말이 아무것도 없어요.

한 마디도.

할 말이 아무것도 없어요.

백 미터만 앞으로 더 나아갑시다.

같은 일요일

선한 신이라는 게 있다면, 그건 너야. 넌 그걸 철석같이 믿어야 해, 너는.

침묵, 그러고 나서

난, 모든 걸 새로 시작할 수 있어.
내일부터.
언제라도.
난 책 한 권을 새로 시작하고 있어.
나는 쓰고 있어.
자, 봐!
난, 언어를, 난 알고 있어.
그 안에서 난 힘이 아주 세지.

침묵, 그러고 나서

그러니 이봐요, 그건 확실해요 뒤라스, 이 세상과 저 세상의 모든 것에서.

4월 12일 수요일, 오후, 생브누아 거리

오렴.

햇빛 속으로 오렴, 어떻든지 간에.

4월 13일

일생 동안 나는 썼지.

얼간이처럼, 나는 그 짓을 했어.

그렇게 되는 것도 또한 나쁘지 않아.

나는 결코 거드름 부리지 않았지.

일생 동안 쓰는 것, 그게 쓰는 것을 가르치지. 그렇다고 아무것도 면해지지는 않아.

4월 19일, 15시, 생브누아 거리

우연히 내겐 천재가 있었지.
나는 거기에 이제 익숙해져 있어.

침묵, 그러고 나서

난 하얀 목재 토막이죠.
그리고 당신도 그렇지요.
다른 빛깔의.

6월 11일

당신은 당신 됨됨이 그대로예요, 난 그게 기뻐요.

침묵, 그러고 나서

빨리 오세요.
빨리, 내게 당신의 힘을 조금 주세요.
내 얼굴 속으로 오세요.

6월 28일

사랑이라는 말은 존재해.

7월 3일, 15시, 노플 르 샤토

네게 또다른 갈망들이 있다는 걸 난 잘 알고 있지. 네가 슬프다는 걸 난 잘 알고 있지. 그렇지만 내겐 상관없어. 네가 날 사랑한다는 것, 그게 가장 중요해. 나머지는 상관없어. 내가 알게 뭐람.

얼마 뒤, 같은 날 오후

난 존재하느라 으깨어진 것 같아.

그게 내게 글을 쓰겠다는 욕망을 주지.

네가 떠났을 때, 난 너에 대해 아주 격렬히 썼어—내가 사랑하는 남자에 대해.

너는 내가 지금껏 본 가장 생동감 있는 매력에 휩싸여 있지.

너는 모든 것의 저자야.

내가 한 모든 걸 넌 할 수 있었을 거야.

이 문장을, 바로 이 문장을 포기했다고 네가 말하는 걸 듣는 것 같아.

침묵, 그러고 나서

너는 이 침묵을 듣니.

나, 나는, 쓰고 있는 여자를 대신해서 네가 말한 문장들을 듣지.

침묵, 그러고 나서

모든 걸 네가 쓴 거야, 네가 지닌 이 육체가.

나는 여기서 이 텍스트를 멈출 거야, 네 다른 텍스트를, 너를 위해 씌어진 텍스트를, 너 대신 씌어진 텍스트를 붙들기 위해.

침묵, 그러고 나서

그런데, 그게 뭘까, 무얼 써야 네가 좋아할까?

침묵, 그러고 나서

난 네 변전을 견딜 수 없어.

7월 4일, 노플

죽음의 즉각적 공포 같은 것.

그러고 나서 무한한 피로.

침묵, 그러고 나서

오렴.

우리 사랑에 대해 얘기해야 해.

그걸 위한 말들을 찾아낼 거야.

어쩌면 말들이 없을지도 모르지.

침묵, 그러고 나서

난 삶을 사랑해, 비록 여기 이런 식의 삶일지라도.
좋아, 난 말들을 찾아냈어.

얼마 뒤, 같은 날

미래에 난 아무것도 바라지 않아.
나에 대해서 또 더, 뭘 말한단 말인가, 따분한 슬로건처럼. 나에 대해서 또.

침묵, 그러고 나서

나는 이게 사라지든지 신이 날 죽였으면 좋겠어.

침묵, 그러고 나서

빨리 오렴.

난 이제 좀 나아졌어.

두려움이 좀 가셨어.

날 놓아두렴, 돌아가신 어머니 때문에 두려움에 떨며, 남의 손 닿지 않은 채 온전히 있던 그 자리에.

그게 다야.

7월 8일 토요일, 14시, 노플

내 머릿속엔 이제 더 아무것도 없어.

텅 빈 사물들 말고는.

침묵, 그러고 나서

됐어.

난 죽었어.

끝났어.

침묵, 그러고 나서

오늘밤 우린 무언가 아주 독한 걸 먹을 거야.

예컨대 중국요리를. 파괴된 중국의 요리를.

7월 10일, 노플

당신은 아름다워져요.

나는 당신을 바라봅니다.

당신은 얀 앙드레아 슈타이너지요.

7월 20일, 노플, 오후

당신의 입맞춤, 나는 그걸 내 삶의 종말까지 믿어요.

다시 볼 때까지 안녕.

그러나 아무도 다시 보게 되진 않겠지요. 당신마저도.

끝났어요.

아무것도 없어요.

페이지를 닫아야 해요.

지금 오렴.

거길 가야 해.

시간. 침묵, 그러고 나서

당신이 뭔가를 할 시간인 듯합니다. 당신은 아무 것도 하지 않은 채 남아 있을 수는 없어요. 아마도 쓰는 것이겠죠.

침묵, 그러고 나서

어떻게 해야 하나, 좀더 살기 위해서, 또 좀더 살기 위해서.

이게 다야.

그건 이제 내가 아니야. 더는 알지 못하는 그 누구일 뿐.

침묵, 그러고 나서

넌 이제 네 마음을 열 수 있어. 그건 아마 나일 거야. 난 너 때문에 길 잃진 않았어.

침묵, 그러고 나서

삶을 부드럽게 하기 위해서?
아무도 그걸 모르지. 살려고 애써야 해.
죽음 속으로 뛰어들어선 안 돼.
이게 다야.
이게 내가 해야 할 모든 말이야.

7월 21일

오렴.

난 아무것도 사랑하지 않아.

갈 수만 있다면 네 옆으로 가고 싶어.
내 곁으로 오렴.
이게 다야.

난 그것에서 피해 있고 싶어.
빨리 와서 날 어딘가에 놓아주렴.

얼마 뒤, 같은 날 오후

난 이제 더 버틸 수가 없어.

이 두려움에 무슨 이름 같은 걸 붙일 수 있으리라고는 믿지 않아. 아직은.

내게 네 입을 주렴.

빨리 오렴, 더 빨리 갈 수 있게끔.

빨리.

이게 다야.

빨리.

7월 22일 토요일. 비

네 삶을 옭아매거나 넓히기 위한 어떤 일도 이젠 하지 않을 거야.

침묵

내 얼굴 속으로 오렴.

침묵

당신을 단념하지 않을 만큼 당신을 사랑할 거예요.

침묵

당신은 아무것도 아니에요. 아무것도.
이중의 제로.

7월 23일 일요일

난 사라져버릴 수가 없어요.

침묵

너처럼 될 수 없다는 것, 그게 내가 아쉬워하는 그 무엇이지.

침묵

나를 따라서 커다란 침대로 와요, 그리고 함께 기다려요.

아무것도.

침묵

나는 광기로 얼어 있어요.

Y. A. 뭔가를 덧붙이고 싶나요?

M. D. 난 덧붙일 줄 몰라. 난 다만 창조할 수 있을 뿐이지. 단지 그것뿐이야.

7월 24일 월요일

와서 날 사랑해줘요.

오세요.

이 흰 종이 안으로 오렴.

나를 따라서.

난 네게 내 살갗을 주지.

오렴.

빨리.

다시 볼 때까지라고 내게 말해주렴.

이게 다야.

난 이제 너에 대해 아는 게 아무것도 없어.

나는 해초를 들고 갈 거야.

날 따라오렴.

7월 31일

나의, 나의 진실은 무엇일까?
네가 그걸 안다면, 내게 말해주렴.

난 길 잃었어.

날 보렴.

8월 1일, 오후

끝났다고 난 생각해. 바로 내 삶이 끝났다고.

난 이제 아무것도 아니야.

난 이제 완전히 무시무시한 여자가 돼버렸어.

난 더 함께 버틸 수가 없어.

빨리 오렴.

난 이제 입도 없고 얼굴도 없어.

옮긴이의 말

젊은이든 나이든 이든, 건강한 이든 병든 이든, 죽음을 정면으로 응시하기는 어렵다. 사람됨으로 보거나 해놓은 일로 보거나 족히 세계사적 인물이라고 할 만한 프랑수아 미테랑 같은 이조차 자신이 이내 겪어야 할 그 낯설디낯선 경험—죽음이라는 경험—을 앞에 놓고 마음의 평정을 이따금 잃는 듯했다고 고인을 돌보았던 의사들은 전한다.

『이게 다예요』라는 이 얇은 책은 육체적 나이로 보아 죽음이 멀지 않은 작가가 그 낯선 경험을 앞두고 써내려간 말의 파편들이다. 작가보다 두 살 아래로 레지스탕스 시절 이래로 오랜 벗이었던 미테랑에게 그랬듯, 여든한 살의 이 작가에게도 죽음을 정면으로 응시한다는 것은 쉬운 일이 아니다. 그는 세월의 쏜살같음을 고통스러워하고, 죽는다는 것을 끔찍해하며, 자신이 아직은 세상의 이편에 있다는 사실에 안도한다. 80년대의 마지막 두 해를 병원에서 보냈고 그 가운데 다섯 달 동안은 혼수상태에 있었던 작가에게는, 그 죽음의 박두迫頭가 특히 더 실감날 것이다. 어두움과 침울함의 정조가 이 텍스트의 곳곳에 배어 있는 것은 어쩔 수 없는 일이다.

그러나 작가는 또한 자신이 직시하고 있는 그 제한된 삶의 시공간 속에서 사랑의 최대치를 이루는데 남은 힘을 쏟는다. 그 사랑의 대상은 작가가 1980년부터 함께 살고 있는 얀 앙드레아라는 남자다. 작가는 이미 1992년에 발표한 장편소설 『얀 앙드레아 슈타이너』를 통해서 자신의 이 마지막 연인을 뒤라스적 주인공으로 만들며 그에게 슈타이너라는 성을 부여한 바 있다. 그 슈타이너는 뒤라스의 또다른 주인공 오렐리아 슈타이너의 그 슈타이너이기도 하다.

작가가 표제에서도 암시하고 있는 그대로 아마도 뒤라스의 마지막 텍스트가 될 『이게 다예요』는 작가의 마지막 연인 얀 앙드레아를 향해 작가가 지피고 있는 마지막 사랑의 장작들로 그득 차 있다. 그 사랑은 때때로 여든한 살이라는 나이가 무색할 만큼 뜨거운 사랑이다. 그것은 불꽃의 사랑이다. 그 사랑의 불꽃들은 이 책에 넘쳐나는 하얀 여백들을 검게 그을린다.

그렇다, 『이게 다예요』는 단순히 죽음의 서書가 아니라 사랑과 죽음의 서書다. 또는 그저 사랑의 서書다. 이 책의 페이지마다 번져 있는 그 사랑의 기운은 이 책의 물리적 얄팍함을 한없는 정신적 두터움으로 변전시키고, 텍스트의 곳곳에 배어 있는 어두움과 침울함을 열정과 광기로 변전시키며, 퍼져나가는 말의 파편들에 삶과 문학에 대한 깊은 통찰을 싣는다. 그 깊은 통찰들은 또 한편으로 슬픈 통찰들이기도 하다.

일생 동안 줄곧 쓰기만 했다는 말이 본문에도 나오듯 뒤라스는 프랑스 문단에서도 손꼽히는 다산의 작가이고, 그러니만큼 『이게 다예요』가 뒤라스의 다라고 말하는 것은 어불성설일 것이다. 그러나 이 짧은 텍스트는 그 기록의 형식에서나 내용에서나 작가의 어느 한 시기의 다라고 할 만하다. 그 중언부언과 횡설수설까지를 포함해서도 그렇다. 뒤라스의 많은 작품들에 자전적 요소가 짙게 배어 있는 게 사실이지만, 장르를 확정 짓기 곤란한 『이게 다예요』야말로 작가를 알몸 그대로 보여주고 있는 것이다. 요컨대 『이게 다예요』는 뒤라스의 문학적 유서다.

얀을 향하는 작가의 말투는 경어와 예사말을 오르내리고, 일기 형식으로 기록된 그 말의 파편들은 독백과 대사를 오간다. 혹시라도 그런 사정들이 이 짧디짧은 텍스트의 역문에 어설픔이나 잘못을 끌어들였을지도 모르겠다. 독자들의 질정을 바란다.

어설픔이 아니함만 못하다는 생각을 그래도 조금은 하고 있다. 그 조금의 생각이 몇 군데 역자 주를

붙이고 싶다는 유혹을 억눌렀다.

1996년 1월 14일

파리에서

고종석

작가 연보

1914년 4월 4일 베트남 남부 지아딘에서 2남1녀 중 막내로 출생.
본명은 마르그리트 도나디외.
아버지는 수학 교수, 어머니는 원주민학교 교사였음.

1918년 아버지 사망.

1932년 프랑스에 영구 귀국. 소르본 대학에서 수학, 법학, 정치학 공부.

1937년 식민성 근무.

1939년 로베르 앙텔므와 결혼.

1940년 첫아이의 죽음. 중일전쟁 중 뒤라스가 사랑하던 작은 오빠가 죽음.
갈리마르 출판사에 근무하던 디오니스 마스콜로와 만남.

1943년 『철면피들』을 마르그리트 뒤라스라는 필명으로 출판.
생브누아 가에 정착.
장 주네, 조르주 바타유, 앙리 미쇼, 메를로퐁티, 라이보비츠, 에드가 모랭 등과 교류.
앙텔므, 마스콜로와 함께 국제 전쟁포로 해방기구에

가입.

1944년 남편 앙텔므가 체포되어 부헨발트 강제수용소, 다카우 강제수용소에 차례로 수용됨.

공산당 가입. 전쟁포로들과 강제수용자들의 정보를 수집해 신문 〈리브르〉 발행.

1945년 앙텔므 귀환.

마르티네, 드장티, E. 비토리니, G. 비토리니, 말로, 뒤비뇨 등과 교류.

남편과 함께 출판사 '우주촌' 설립. 에드가 모랭의 『독일의 서기 0년』, 앙텔므의 『인류』 출판.

1946년 앙텔므와 이혼.

1947년 아들 장 마스콜로 출생.

1950년 공산당에서 제명.

1955년 이때부터 알제리 전쟁 반대운동, 뒤이어 드골 정권에 맞서서 투쟁하며 여러 주간지와 평론지에 정치적 입장을 표명.

1957년 마스콜로와 헤어짐.

1959년 1960년 메디치 상 심사위원에 위촉.

모리스 블랑쇼와 교류.

1966년 폴 스방과 함께 〈라 뮈지카〉 공동 감독.

1968년 5월 혁명에 참여.

1975년 영화 〈인디아 송〉이 칸 영화제에서 예술·비평 부문

수상.

1976년 단편집 『온종일 숲속에서』로 장 콕토 상 수상.

1981년 〈로마에서의 대화〉의 기자 회견을 위해 캐나다, 미국, 이탈리아로 여행.

1982년 뇌이유의 아메리칸 병원에서 알코올중독 치료.

1984년 『연인』으로 공쿠르 상 수상.

1985년 〈리베라시옹〉 지에 기고한 글로 페미니즘 논쟁을 불러일으킴.

1986년 『연인』으로 리츠 파리 헤밍웨이 상 수상.

1988년~1989년 심각한 혼수상태에 빠짐.

1990년 첫 남편 로베르 앙텔므 사망.

1996년 3월 3일 자택에서 사망.

작품 연보

1943년 『철면피들 *Les Impudents*』, 플롱(1992년 폴리오 출판사에서 재출간.)

1944년 『평온한 삶 *La vie tranquille*』, 갈리마르

1950년 『태평양을 막는 방파제 *Un barrage contre le Pacifique*』, 갈리마르

1952년 『지브롤터의 선원 *Le marin de Gibraltar*』, 갈리마르

1953년 『타르키니아의 망아지들 *Les petits chevaux de Tarquinia*』, 갈리마르

1954년 『온종일 숲속에서 - 보아뱀 - 도댕 부인 - 공사장 *Des journées entières dans les arbres - Le boa - Madame Dodin - Les chantiers*』, 갈리마르

1955년 『광장 *Le square*』, 갈리마르

1958년 『모데라토 칸타빌레 *Moderato Cantabile*』, 미뉘

1959년 『센에우아즈의 육교 *Les viaducs de la Seine-et-Oise*』, 갈리마르

1960년 『여름밤의 열시 반 *Dix heures et demie du soir en été*』, 갈리마르

1960년 『히로시마 내 사랑 *Hiroshima mon amour*』, 갈리마르

1961년 『그토록 오랜 부재 *Une aussi longue absence*』, 제라르 자를로와 공저, 갈리마르

1962년 『앙데스마 씨의 오후 *L'après-midi de Monsieur Andesmas*』, 갈리마르

1965년 『희곡집 I: 강과 숲 - 광장 - 라 뮈지카 *Théâtre I : Les eaux et forêts - Le square - La musica*』, 갈리마르

1966년 〈라 뮈지카 *La musica*〉, 폴 스방과 공동 감독, 아티스트 아소시에 배급.

1967년 『영국인 애인 *L'amante anglaise*』, 갈리마르

1968년 〈영국인 애인〉, 연극 공연, 국립민중극단

『희곡집 II : 수잔나 앤들러 - 온종일 숲속에서 - 그래, 어쩌면 - 샤가 - 한 남자가 나를 만나러 왔다 *Suzanna Andler - Des journées entières dans les arbres - Yes, peut-être - Le Shaga - Un homme est venu me voir*』, 갈리마르

1969년 『파괴하라고 그녀는 말한다 *Détruire, dit-elle*』, 미뉘

〈파괴하라고 그녀는 말한다〉, 브누아 자코브 배급.

1970년 『아반, 사바나, 다비드 *Abahn, Sabana, David*』, 갈리마르

1971년 『사랑 *L'amour*』, 갈리마르

〈노란 태양 *Jaune le Soleil*〉, 몰리에르 영화사 배급

1972년 〈나탈리 그랑제 *Nathalie Granger*〉, 몰리에르 영화사

배급

1973년 『인디아 송*India song*』, 갈리마르

〈갠지스 강의 여자*La femme du Gange*〉, 브누아 자코브 배급

『나탈리 그랑제*Nathalie Granger* – 갠지스 강의 여자』, 갈리마르

1974년 『말 많은 여자들*Les parleuses*』, 미뉘

1975년 〈인디아 송〉, 아르모리알 영화사 배급

1976년 〈박스터, 베라 박스터*Baxter, Vera Baxter*〉, N.E.F 배급

〈캘거타 사막에서의 베니스라는 이름*Son nom de Venise dans Calcutta désert*〉, 브누아 자코브 배급

〈온종일 숲속에서〉, 브누아 자코브 배급

1977년 〈화물차*Le camion*〉, D.D 제작사 배급

『화물차 – 부록 : 미셸 포르트와의 대담』

『마르그리트 뒤라스가 좋아하는 장소*Les lieux de Marguerite Duras*』, 미뉘

『에덴 시네마*L'Eden cinéma*』, 메르퀴르 드 프랑스

1978년 〈나이트 호*Le navire Night*〉, 로장주 영화사

1979년 『나이트 호 – 세자레 – 거부하는 손들 – 오렐리아 슈타이너 *Le navire Night - Césarée - Les mains négatives - Aurélia Steiner*』, 메르퀴르 드 프랑스

〈세자레〉, 로장주 영화사
〈거부하는 손들〉, 로장주 영화사
〈오렐리아 슈타이너〉 멜버른 판 오렐리아 시리즈, 파리 오디오비쥐엘
〈오렐리아 슈타이너〉 밴쿠버 판 오렐리아 시리즈, 로장주 영화사

1980년 『베라 박스터 혹은 대서양의 바닷가 *Vera Baxter ou les plages de l'Atlantique*』, 알바트로스
『복도에 앉은 남자 *L'homme assis dans le couloir*』, 미뉘
『80년 여름 *L'été 80*』, 미뉘
『초록색 눈 *Les yeux verts*』, 카이에 뒤 시네마

1981년 『아가타 *Agatha*』, 미뉘
〈아가타와 끝없는 독서 *Agatha et les lectures illimitées*〉, 베르트몽
『아웃사이드 *Outside*』, 알뱅미셸 (1984년 P.O.L에서 재출간)
『소녀와 어린아이 *La fille et l'enfant*』, 카세트, 얀 앙드레아가 『80년 여름』에서 인용, 뒤라스 낭독
〈대서양의 남자 *L'homme atlantique*〉, 베르트몽

1982년 〈로마에서의 대화 *Dialogue de Rome*〉, 룽가지타타
『대서양의 남자』, 미뉘

『사반나 만 *Savannah bay*』, 미뉘 (1983년 증보판 출간)

『죽음의 병 *La maladie de la mort*』, 미뉘

1984년 『희곡집 III : 밀림의 야수(원작: 헨리 제임스, 각색 : 제임스 로드, 마르그리트 뒤라스) – 아스페른의 서류(원작 : 헨리 제임스, 각색 : 마르그리트 뒤라스, 로베르 앙텔므) – 죽음의 춤(원작 : 스트린트베리, 각색 : 마르그리트 뒤라스)』, 갈리마르

『연인 *L'amant*』,미뉘

1985년 『고통 *La douleur*』, P.O.L

『라 뮈지카 *La musica deuxième*』, 갈리마르

『체홉의 갈매기 *La mouette de Tchékov*』, 갈리마르

〈아이들 *Les enfants*〉, 장 마스콜로, 장 마르크 튀린이 함께한 영화

1986년 『푸른 눈 검은 머리 *Les yeux bleus cheveux noirs*』, 미뉘

『노르망디 해안의 창녀 *La pute de la Côte Normande*』, 미뉘

1987년 『속된 인생 *La vie matérielle*』, P.O.L

『에밀리 엘 *Emily L.*』, 미뉘

1990년 『여름비 *La Pluie d'été*』, P.O.L

1991년 『북중국의 연인 *L'amant de la Chine du Nord*』, 갈리

마르

1992년 『얀 앙드레아 슈타이너 *Yann Andréa Steiner*』, P.O.L

1993년 『글쓰기 *Écrire*』, 갈리마르

『외부세계 - 아웃사이드 II : *Le monde extérieur - Outside II*』, P.O.L

1995년 『이게 다예요 *C'est tout*』, P.O.L

지은이 **마르그리트 뒤라스**

1914년 프랑스 식민지였던 베트남 남부의 지아딘에서 태어났다. 1932년 프랑스로 건너와 소르본대학에서 수학, 법학, 정치학을 공부했다. 1943년 『철면피들』로 데뷔했고, 『모데라토 칸타빌레』 『부영사』 『파란 눈 검은 머리』 등을 발표했다. 1984년 공쿠르상을 받은 『연인』은 영화로도 제작되어 세계적인 성공을 거두었다. 1989년 이후 건강 악화로 줄곧 치료를 받다 1996년 자택에서 세상을 떠났다.

옮긴이 **고종석**

성균관대 법대를 졸업하고, 서울대 대학원과 프랑스 사회과학고등연구원에서 언어학 석사, 박사과정을 수료했다. 장편소설 『기자들』, 소설집 『제망매』와 산문집 『고종석의 유럽통신』 『사랑의 말, 말들의 사랑』 『감염된 언어』 『코드 훔치기』 『히스토리아』 등을 썼다.

문학동네 세계문학

이게 다예요

1판 1쇄 1996년 3월 14일 | 1판 3쇄 2003년 8월 30일
2판 1쇄 2009년 5월 10일 | 2판 14쇄 2022년 5월 31일

지은이 마르그리트 뒤라스 | 옮긴이 고종석
책임편집 허주미 김지연 | 저작권 박지영 형소진 이영은 김하림
마케팅 정민호 이숙재 박치우 한민아 김혜연 이가을 박지영 안남영 김수현 정경주
브랜딩 함유지 함근아 김희숙 정승민
제작 강신은 김동욱 임현식 | 제작처 (주)상지사P&B

펴낸곳 (주)문학동네 | 펴낸이 김소영
출판등록 1993년 10월 22일 제2003-000045호
주소 10881 경기도 파주시 회동길 210
전자우편 editor@munhak.com | 대표전화 031) 955-8888 | 팩스 031) 955-8855
문의전화 031) 955-3578(마케팅) 031) 955-2685(편집)
문학동네카페 http://cafe.naver.com/mhdn | 트위터 @munhakdongne
북클럽문학동네 http://bookclubmunhak.com

ISBN 89-85712-83-7 03860